Préface

Le rêve et l'imaginaire ont toujours fait partie intégrante de l'Homme.

L'enfance est une période propice aux aventures mystérieuses à travers le temps et l'espace.

La nouvelle qui suit en est un exemple, et celle-ci est composée de mes propres créations (83 illustrations).

Bon voyage…

L'imagination est plus importante que la connaissance.
(Albert Einstein)

- Regarde LULU … Il vient vers nous le chevalier blanc de la cause morale.

- Ah oui ! Celui éperdu de nulle part et qui erre aveuglement dans un univers invisible.

- C’est lui-même.

Pendant la conversation des deux camarades, une charrette remplie de chasseurs d’émotions discrètes veillait à la scène.

Ce mirage si pressant fit garer les petites humeurs de nos deux acolytes près du ruisseau des larmes.

Je ne suis pas rassuré, dit TROMPILLE, je ne comprends pas les évènements.

- Tu peux m’expliquer LULU, ma curiosité est en pleine ébullition.

- Pourquoi pas ? Au hasard d’une cuisson acide, le père FITOU créa une succession d’horizons microscopiques et ce jus métamorphosant produisit à la ronde des grumeaux de raisonnements millimétrés.

- Ce n'était pas son but, il voulait seulement communiquer avec l'espace.

- Je ne comprends rien à ton charabia, LULU.

- Tu sais, je te répète ses propos.

Ce bonhomme se sentait mal et seul et il voulut créer un réseau d'amitiés inter galactiques.

- Mais d'ou vient ce chevalier, et que fait-il ? demande TROMPILLE.

- A mon avis et sans le vouloir il a remonté le temps de plusieurs siècles et le père FITOU est tombé sur lui, répond LULU.

- C'est vraiment impressionnant, dit TROMPILLE.

A ce moment, une banale pensée fugace traversa l'esprit des personnages présents et nos deux amis entamèrent une légère inflexion de leur conduite.

Ils s'en allèrent d'une marche lézardée vers un raccourci plus serein.

Ils se promenaient dans leur panorama campagnard proche d'un univers maritime.

Tout cela faisait apparaître le tiers émergent d'une errance éprouvante à la recherche d'un avenir séduisant.

Au lointain, une chaine de petits bateaux accessibles jalonnait astucieusement le cap triangulaire.

Nos deux personnages crève-cœurs et confiants reprenaient une conversation entamée la veille.

LULU, consciencieux, moulina son verbiage avec assurance et enchaina sur le récit de leur future aventure.

TROMPILLE, dans un humanisme bouleversant, injecta temporellement des facettes de sagesse pour limiter l'imagination de LULU.

Les deux camarades prévoyaient de vivre dans une grotte sub-marine et voulaient observer la vie avec la sérénité sublimée et turquoise des jeux de la foi.

La ferveur de l'équipe se démultiplia dans un rayonnement mythique aux couleurs végétales qui ne signifiait même pas une urgence anodine.

Cette rêverie amusante des deux enfants stimula le miroir sans moire de l'homme-chevalier à la recherche de liens spatio-temporels.

Nos deux complices s'éloignèrent du père FITOU pour se rapprocher de la zone côtière.

Ils pouvaient observer la valse transitoire des goélands empêtrés dans une confiture d'inspiration.

Il est vrai que pour des oiseaux croquer la lumière ressemble plutôt a une conduite primaire.

Ce suspens lumineux représentait une menace constante dans une brume miraculeuse de chaleur bleutée.

Les formes douces et inoffensives des fleurs aromatiques atténuaient, dans un tollé de volupté, cette résistance mijotée du ballet d'oiseaux.

A proximité de cette image virtuelle glissante et dans un encombrement favorable, une vague impasse officielle abreuvait cette grotte paradisiaque.

LULU et TROMPILLE approchaient de leur embarcation.

Ils rêvaient de leur minuscule voyage de traversée vers la grotte.

Leurs discussions organisaient le programme du séjour dans cet antre marin.

Une version approximative de bateau ressemblant à un cheval armuré fêlé filait avec une vivacité indéniable vers une ile refuge passage relais du voyage.

Les deux amis devaient récupérer du matériel et des outils ainsi que des accessoires roulants.

Un stimulateur intégral dans le désarroi attendait leur venue.

Sur cette terre, obstacle clé en main, des bourgeons châtains amande remplissaient la vue de cette aube électrique.

Nos deux complices débarquèrent enfin sur une plage étincelante et plissée.

- LULU, quelque chose est entré dans ma peau.

- TROMPILLE, je te le garantis, je déteste ton courage et c'est peu de le dire, mais je pense que tu as besoin de soutien.

Une nervosité passablement hors-jeu arbitra le danger.

- Quand tu seras prêt, tu poses ta main ici et tu lèves la tête.

- Il va falloir m'aider, je dois m'imprégner avant de me connecter avec les esprits.

- Répète après moi… « Je ne suis pas un simple mortel et mon pouvoir est grand ».

TROMPILLE reprit : « j'ai honte il y a du vent ».

- Manifestement, TROMPILLE, tu as été atteint dans ton amour propre et tu n'as pas compris.

- Je ne peux rien te dire mais tu as un problème avec cette pensée imposture qui ignore le manque de chance.

- Tu sais il faut suivre ton cœur et attention aux risques d'averses.

- Donne-moi une seconde chance LULU, je te réserve une surprise.

- Un virus patient mérite au moins une seconde place amusante.
- Allez réitère, « je ne suis pas un simple mortel et mon pouvoir est grand.

C'est difficile mais il faut accepter de faire confiance.

Le plus souvent les certitudes finissent derrière la porte noire.

TROMPILLE prononça plusieurs fois la phrase magique de LULU.

Cette formule dite avec conviction parvint à guérir « on plus tard ça plus tard » un des surnoms du blessé.

- Maintenant tu me connais mieux après avoir nettoyé ta blessure.

- Merci LULU et que l'avenir nous apporte joies et plaisirs.

- Maintenant on doit s'activer, TROMPILLE, la grotte nous attend.

- Nous devons prendre l'équipement pour notre mission.

- Attend un peu, LULU, je me couche dans ce fossé, je suis un homme libre, la lumière du soleil me demande de réfléchir à la suite des événements.

- J'ai quitté le parcours de la loi non écrite pour le jardin des frissons et pour moi la pratique du mal c'est le chemin du séjour des morts.

- LULU, regarde des oiseaux se rassemblent et prennent la route qui mènent à ces champs là-bas.

- Je vois autre chose, répliqua-t-il à TROMPILLE.

- Non merci, pas besoin de doses !

- Tu me fatigues, voilà le chevalier blanc qui nous suit !

Le vent se leva et les nuages furent chassés vers l'Est pendant la préparation des affaires à emporter vers la grotte sub-marine.

- regarde, LULU, le chevalier du père FITOU nous a laissé des plans …dans le stimulateur intégral.

- Oui, TROMPILLE, et aussi un message ! « Dans la grotte sub-marine vous trouverez des peintures et inscriptions anciennes, regardez … »

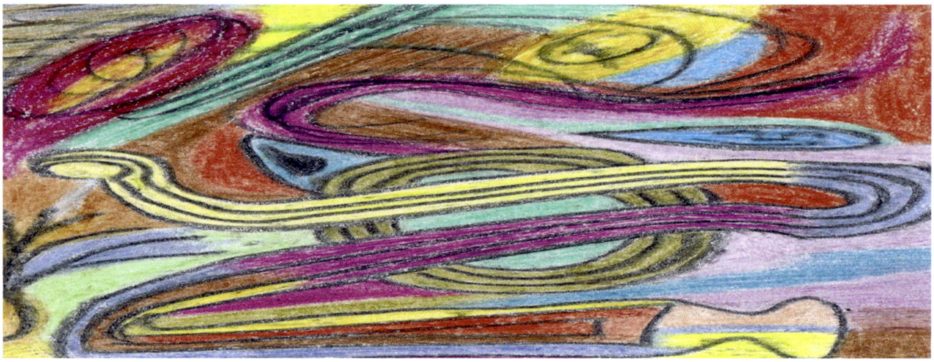

il fait lourd et chaud , désolé mais c'est la pire peinture

je pleurs , je pense à tout ce que je peux faire

δεμαιν ματιν δε βοννε ηευρε

tu dois le faire et reconsiderer l'offre

Il va falloir faire vite pour le dernier son

ON AURA LE TEMPS DE DORMIR QUAND ON SERA MORT

s'éloigner pour affronter le châtiment

La passion connaît le chemin de la différence

ματιν χλΓ δεσ χηαμπσ

À plus tard le bon gout des légumes

Trop de gens se déchire et aspire

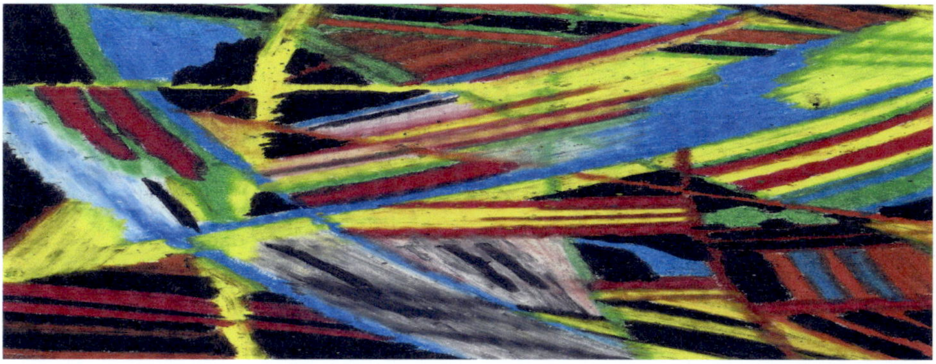

La chance explore le monde qui sourit

Mine superbe des arrondis

C'est la première fois que je caresse un ourson

La vérité attend l'envie trop forte

PEUR INCOMPRÉHENSIBLE

LA VUE EST SI BELLE

Tu vas bien mais une brute est un brute

Ton jeu est un éclair

Stupides égards protecteurs

Łũţţé□ c□nţ□é la d□ũléũ□

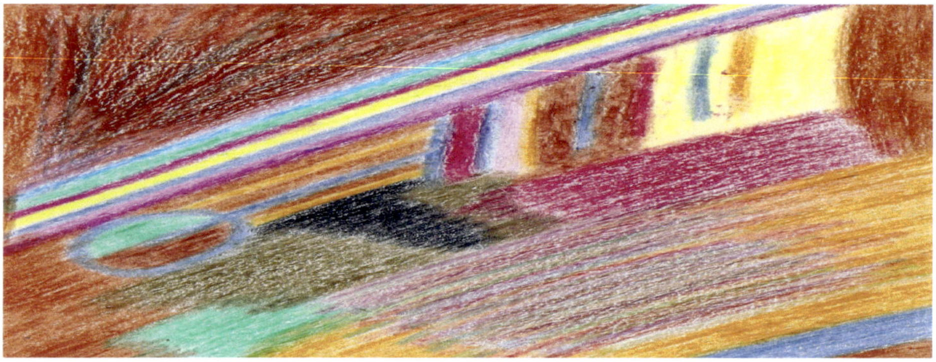

Oser enlever la question cruciale

[illegible]

APPORTE TON ÂME À LA NATURE

interroge ta conscience

L'AIR FRAIS DE LA SOLITUDE

l'amour propre manque de sommeil

[illegible]

LES ERREURS OUBLIENT D'ÊTRE DES VIRUS

mille caprices du temps

il est des temps où le temps n'existe plus

la lame du canyon brille des deux cotés

que se passe-t-il pour cette horrible

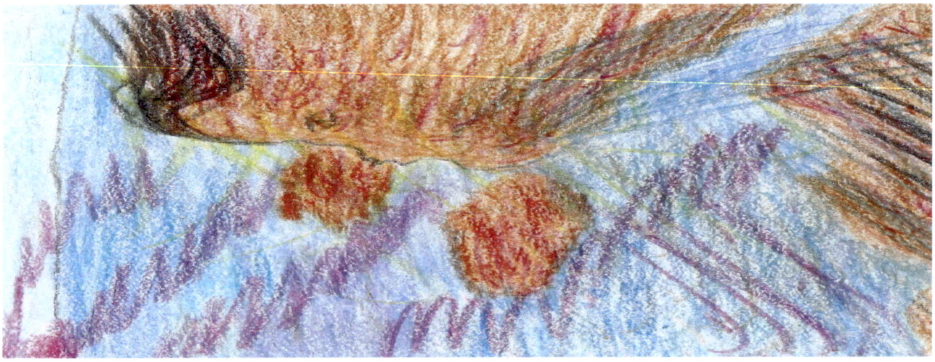

je ne suis pas d'ici et mon espace ne laisse aucune trace

laisse la porte ouverte il faut trouver le chemin de la vie

le trésor monastique harcèle le flux d'odeurs

le chagrin avertissement s'agglutine à la jeunesse des mutins

le ciel se hisse mélancoliquement

le club des chutes de vent fédère le délire

le verso coulissant avoue un crépuscule ovoïde

le regard opaque du pharaon fragmenté

la meule hongroise fusionne les frissons sacrés

une brume adhésive redore la cheville coulis

le manoir élastique s'ennuie dans la crypte

la phobie loufoque mélange une kyrielle d'espoirs

le sézame vide la pureté

LULU et TROMPILLE sont finalement arrivés à la grotte et ont vu tous les dessins et inscriptions précédents cités dans le message du chevalier blanc.

Ils furent émerveillés de cette découverte dans la grotte sub-marine.

- LULU …TROMPILLE … c’est l’heure de se lever, il y a école s’écria M. FITOU le maitre d’école des deux gamins, qui officiait également à l’internat.

Jai fait un rêve génial, dit LULU à son camarade.

Moi, aussi révéla TROMPILLE.

Les deux amis s’aperçurent par leur récit que c’était le même songe.

Ils décidèrent pour les soirs suivants de s’endormir proche l’un de

l’autre pour rêver ensemble à de fabuleuses histoires.

Edition : Books on Demand, 12/14, rond-point des Champs Elysées, 75008 Paris, France

Imprimé par : Books on Demand GmbH, Norderstedt, Allemagne

ISBN 978-2-8106-0110-3

Dépôt légal : septembre 2008